LETTRE

À

L'OCCASION DE LA DÉTENTION

DE

S. E. M. LE CARDINAL

DE ROHAN,

À LA BASTILLE.

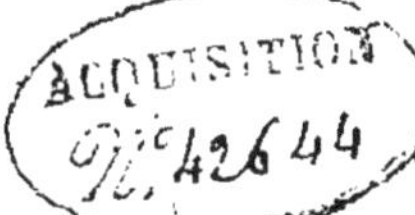

1785.

Neque si quis scribat, uti nos,
Sermoni propiora, putes hunc esse poetam.

Horat. L. I. Sat. 4.

TOUTE l'Europe a les yeux tournés vers la France & vers ces murs malheureux, qui après avoir renfermé tant de grands hommes dans plusieurs siècles différens, ont reçu depuis peu Monsieur le Cardinal de Rohan. Les causes de sa détention & les circonstances qui l'ont accompagnée, occupent tous les esprits. C'est un sujet qui n'offre encore au Public aucun ensemble sans laisser voir en même tems des oppositions marquées qui en détruisent les plus justes conséquences.

D'abord, d'après les reproches que la Reine fait à Monsieur le Cardinal, doit-il pour sa justification persuader qu'il s'est cru chargé de

fa part de la commiſſion de lui acheter ce collier ſi funeſte ? Non: il a été déçu par Madame de la Mothe. Il a bien cru que les
ordres de la Reine s'adreſſoient à elle, que les
écrits étoient véritables; mais il s'eſt regardé
comme un agent que la Reine même ignoroit,
& auquel Madame de la Mothe avoit recours
ſans ſon aveu. Eſt-il vraiſemblable qu'il puiſſe
s'être entendu avec Madame de la Mothe ?
Doit-on conclure du trouble qu'il a éprouvé
chez le Roi, qu'il eſt coupable ? Et ſi la lettre
par laquelle il atteſte que les bijoux ont été
remis à la Reine, n'eſt pas un témoignage en
faveur de ſa confiance & de ſa bonne-foi, la
manière dont il perd de vue le bijoutier ſans
prendre aucun précaution contre ſes pourſuites,
n'en eſt-elle pas la preuve la plus indubitable ?

On doit louer la bonté du Roi, qui n'entre
dans aucune des circonſtances de l'intrigue qu'il
croit avoir exiſté entre Monſieur le Cardinal &
Madame de la Mothe. Il eſt à ſuppoſer que
le Prélat, d'abord confondu, quoique peut-
être innocent, d'être ſoupçonné dans une telle
relation avec une telle femme, auroit eu peine
à ſe juſtifier, même avec toute ſa préſence
d'eſprit, ſans faire voir en même tems qu'il
falloit que quelque foibleſſe peu convenable à

fa dignité eût précédé la confiance avec laquelle Madame de la Mothe le choifit parmi toute la Cour, ou du moins parmi les perfonnes de la Cour affez riches pour être une garantie fuffi-fante. Monfieur le Cardinal voyant combien il étoit difficile de fe défendre fans fe compro-mettre, eût cherché vainement une tournure qui ne le laiffât pas en jeu d'une autre façon, & c'en étoit affez pour le troubler. Il falloit favoir à quel propos Monfieur le Cardinal avoit connu Madame de la Mothe, quel genre de liaifon il y avoit eu entre elle & lui, comment & où ils pouvoient s'être vus. Monfieur le Cardinal fe repréfentoit une confrontation de témoignages que Madame de la Mothe devoit outrer pour fa juftification ; il fe voyoit engagé dans une affaire dont le moindre écueil étoit d'avoir compromis fon caractère.

Si je faifois des fuppofitions en faveur de Monfieur le Cardinal, je dirois que, dans le petit nombre de perfonnes que le Sieur *Bohmer* eût accepté pour caution de 1400 mille livres, il étoit le feul auquel Madame de la Mothe de-voit s'adreffer, puifque les reffources pécuniaires qu'elle cherchoit prefque journellement dans les antichambres de Verfailles, préfentent claire-ment le titre auquel elle a pu connoître Mon-

fieur le Cardinal, c'eft-à-dire, celui de l'indi-
gence qui recourt aux grandes aumônes. L'état
de fortune de Madame de la Mothe prouve
qu'il ne l'avoit pas affez connue & fuivie pour
qu'on croie entre eux une liaifon de compli-
cité fi effentielle. Car les befoins, même éten-
dus, d'un être qui eût fait fes plaifirs & qui
devoit devenir un autre lui-même fous le rapport de l'intérêt le plus preffant, celui de fon
falut, ne devoient pas être, dans la fomme de
fes prodigalités journalières, un objet affez
confidérable pour qu'il fe fût refufé d'y fatis-
faire. On ne fauroit, avec autant d'efprit &
auffi peu de flexibilité qu'en a Monfieur le Cardinal, fe mettre dans l'efclavage d'une efpèce
de proftituée, qui n'ayant rien à perdre & rien
à quitter, puifqu'elle ne tenoit à rien, pouvoit
avec les moyens qu'on lui fourniffoit & en
s'affranchiffant des refforts de la juftice du
Royaume, déshonorer du jour au lendemain,
& faire le malheur & la défolation de celui
qui fe feroit fi imprudemment & fi honteufe-
ment livré à elle. Madame de la Mothe, chargée de la vente des bijoux, y trouvant en raifon
de leur valeur & de tous les rifques auxquels
elle s'expofe, un lucre qui doit faire fa fortune, voudroit-elle refter dans les lieux où elle
voit journellement ceux qui d'un inftant à

l'autre peuvent devenir les témoins & les juges de son crime? En supposant quelque bon-sens à cette femme, (& assurément il falloit avoir d'elle plus que cette opinion pour agir comme eût fait Monsieur le Cardinal,) sa première pensée devoit être le plan qu'elle eût formé, qui, en la souftraïant aux menaces des loix, la mettoit à même, dans son nouvel état d'affurance & de tranquillité, de faire au moins soupçonner par quelque trait ressemblant, & peut-être par son aveu même, la connivence de Monsieur le Cardinal. Sans-doute on ne devoit pas présumer qu'elle eût pu jamais dévoiler son secret. Mais, peut-être au bout de quelques années réduite à de nouveaux expédiens, peut-être prenant imprudemment, dans une passion, en quelqu'autre moins difposé qu'elle à devenir coupable, la même confiance qu'on auroit eue en elle: que fais-je? peut-être même interrogée & jugée pour quelque nouveau crime, & toujours (ce qui suffisoit pour être un sujet d'alarme continuelle) éloignée de Paris & loin des yeux de Monfieur le Cardinal, il ne devoit penfer jamais à se tranquillifer fur les fuites & les dangers d'une telle action.

Voilà les premières combinaisons qui se feroient préfentées d'elles - mêmes à l'esprit actif

& pénétrant de Monſieur le Cardinal, s'il eût ſuppoſé à Madame de la Mothe une intrigue aſſez fine & aſſez raiſonnée pour pouvoir prendre en elle une confiance auſſi abſolue. La conduite qu'elle a tenue dans tout le cours de cette menée, prouve combien ce jugement étoit trop avantageux pour qu'il le portât. Mais n'eſt-il pas vraiſemblable au contraire que Monſieur le Cardinal, ſachant que Madame de la Mothe recevoit des bienfaits de la Reine, a dû croire qu'elle étoit dans quelque liaiſon avec les femmes de la Reine, & qu'elle pouvoit par cette voie être chargée d'une commiſſion ſecrète ? Il eſt connu que Madame de la Mothe n'eut recours à lui qu'après avoir été éconduite par le bijoutier, qui, ſachant ſans-doute mieux que Monſieur le Cardinal de quelle façon Sa Majeſté fait ſes emplettes, n'a pas trouvé les aſſurances de Madame de la Mothe aſſez poſitives. Cette manière de voir, dictée par l'eſprit prévoyant & attentif d'un commerçant, ne devoit pas être celle de Monſieur le Cardinal, auquel l'eſpoir de plaire à la Reine tenoit lieu de tout intérêt, quelque conſidérable qu'il fût.

On lui produit des lettres ſignées de la main de la Reine, qu'il ne connoît pas. Comment oſeroit-il imaginer une audace pouſſée juſqu'à ce point? Il étoit naturel, ce me ſemble, qu'il crût ſur la foi d'un pareil écrit, pouvoir riſquer de faire ſa cour à la Reine, en lui évitant la peine d'en ſolliciter quelqu'autre, & en lui laiſſant apprendre comme par haſard l'empreſſement avec lequel il s'y étoit porté. Avoit-il quelque doute que la Reine n'eût pas reçu les bijoux lorſqu'il écrit au Sieur *Bohmer*, lorſqu'il lui répond de 1400 mille francs qu'il croit payables par la Reine? Qu'on en juge par les réponſes qu'il lui fait lorſqu'il ſe préſente au premier terme; c'eſt à la Reine qu'il l'adreſſe. Puiſqu'il ſavoit qu'une telle ſomme eſt toute la fortune de pluſieurs bijoutiers des plus riches, & qu'il ne pouvoit pas douter d'exciter les clameurs du Sieur *Bohmer* en le renvoyant ſans le ſatisfaire, en le traitant ſans ménagement, voilà le trait le plus clair pour la cauſe de Monſieur le Cardinal. Il avoit mille voyes pour retarder ſa délation. Mais que pouvoit-il faire, dira-t-on? Trop de démarches l'expoſoient & le faiſoient ſoupçonner. Quelle foible raiſon contre la ſuite néceſſaire! Craindre encore d'être ſoupçonné quand on eſt près d'être convaincu! Comment devoit ſe terminer une telle affaire portée devant le Roi? Cette idée devoit toujours être préſente à ſon efprit. Il ne lui reftoit que de charger Madame de la Mothe, & ce devoit être le feul but de fon plan. Ce moïen étoit fi marqué, qu'il faut abfolument qu'il n'ait eu aucun fujet d'inquiétude pour ne pas penfer à s'en faifir auffi fortement qu'on embraffe une poutre dans un naufrage, & pour ne l'avoir pas eu tout prêt parmi les réponfes qu'il devoit faire. Il avoue bien avoir été cruellement trompé; mais c'eft une idée qui fe préfente comme la première; ce n'eft pas une défaite fur laquelle il infifte comme de propos délibéré. On voit qu'il eft furpris, qu'il n'a rien préparé, rien réfléchi, & que par conféquent il eft innocent; puifque les démarches néceffaires du bijoutier, & le tems que lui-même auroit eu depuis l'emplette du collier pour fe préparer d'avance à la tournure de cette affaire, lui euffent évidemment montré qu'il ne pouvoit fe fauver qu'en accufant Madame de la Mothe.

Monfieur le Cardinal appellé, comme il le croit, pour faire fes fonctions de grand-aumônier, fe trouve devant un Tribunal qui l'a déjà condamné. La Reine qui n'aime point la perfonne de Monfieur le Cardinal, puifque depuis huit ans elle ne lui a pas adreffé la parole, mortellement offenfée de l'abus qu'on fait de fon nom & de fon crédit pour une affaire d'intérêt, & de cette nature, a fait part au Roi de ce qu'elle fait & de ce qu'elle a dé-mêlé. Ses juftes fentiments ont gagné le Roi, & les Miniftres ne contrarient point Leurs Ma-jeftés, puifqu'ils ignorent peut-être eux-mêmes de quoi il s'agit.

Quel contrafte de ces difpofitions avec celles dans lefquelles Monfieur Cardinal s'eft préfenté! Quel choc ne dut pas en réfulter, & pouvoit-il ne pas en être terraffé comme d'un coup de foudre qui le prive de l'ufage de fes fens, & qui triomphe de fes forces vaincues dans la furprife & l'étonnement de la plus horrible des humiliations? Un quart d'heure fuffit-il pour fe remettre d'un tel anéantiffement, quand on eft habitué de n'entourer les rois que pour être le difpenfateur des graces qu'ils doivent répan-dre, & quand celles qu'on eft dans le cas de leur demander, le font par une famille entière, la plus grande & la plus refpectable, à la quelle fe joint par l'alliance du fang un prince qui lui-même eft fur les marches du trône, enfin lorfqu'elles peuvent fembler méritées à un titre de juftice. Car qu'eft ce que le trône, finon l'échelon le plus élevé d'un Etat, au-quel le plus voifin eft le plus néceffaire pour le foutenir ? La bafe peut manquer, tout s'affaiffe, & tout eft encore à fa place. Mais que le foutien immédiat vienne à manquer, le fommet eft au moins ébranlé, s'il ne croule pas. Le caractère fier de Monfieur le Cardinal a aliéné de lui l'efprit de tous ceux qui luttoient de diftinction avec lui, & qui fe voyoient avec envie à la fuite de fa maifon, que le rang de Prince met dans la claffe la plus voifine du Monarque. Ses goûts toujours ardens & démefurés l'empêchoient d'eftimer affez ce qui ne le regardoit pas directement; & quoiqu'affable & poli lorfqu'il faifoit attention à ceux qui l'approchoient comme un Grand, il lui arrivoit trop fouvent de ne pas fe plier aux manières d'attention qu'on lui témoignoit dans un genre & qu'on vouloit qu'il payât dans le fien. D'un efprit actif & prompt, faififfant les idées, avant qu'on les eût exprimées, imaginant déjà tout ce que la langue pefante d'un harangueur intéreffé avoit à peine commencé de prononcer; & par conféquent fatigué de l'attention qu'on exigeoit de lui, & déplaifant par le peu de poids qu'il donnoit aux chofes auxquelles on en attachoit le plus & qu'on croyoit mériter le plus de combinaifons; toujours taxé par fes inférieurs de juger trop légèrement parce qu'il jugeoit trop vite, & que les conclufions les plus juſtes n'étoient pas les plus favorables à tous : c'eſt ainſi que ſes qualités brillantes, auxquelles il ne s'eſt pas occupé de donner la forme qu'il falloit pour ſéduire par elles, ont elles-mêmes contribué à le décrier, & ſervent dans tous les inſtants d'armes contre lui. Mais ſuivons le lorſqu'il entre chez le Roi. On lui demande s'il a acheté des bijoux du Sieur *Bohmer*. Cette queſtion faite devant la Reine qu'il croit toujours avoir agi à l'inſçu de ſon Epoux, lui fait affirmer qu'oui. Il ignore encore s'il oſe ou non trahir ſon ſecret, & vraiment, à moins d'avoir lû dans ſes yeux, ſuppoſant néceſſairement qu'elle n'avoit pas eu le tems de lui faire ſavoir ſes intentions, il devoit déſavouer la lettre qui pouvoit la compromettre. Mais quel horrible nuage vient tout-à-coup couvrir toutes ſes idées, lorſqu'eſſuyant des reproches de la Reine elle-même, il eſt forcé de convenir que l'original de cette lettre eſt en effet de ſa main ! On voit clairement que ce n'eſt pas la menace de le lui produire qui obtient cet aveu, puiſqu'un faux original peut auſſi - bien exiſter qu'une copie ſuppoſée. La Reine lui remontre l'invraiſemblance de ſa bonne-foi ; elle n'imagine pas que Monſieur le Cardinal a pu ſe porter avec aſſez d'aveuglement & de délicateſſe à lui faire ſa cour, pour qu'elle même ait pu ignorer vis-à-vis de lui le dévouement qu'il y avoit mis; & véritablement elle ne devoit pas penſer que huit années d'oubli & de froideur obtinſſent encore un pareil retour. Cependant, même dans cette ſeule idée qui occupoit alors l'eſprit de la Reine, que Monſieur le Cardinal ne devoit point, par quelque raiſon que ce fût, s'être empreſſé de ſeconder ſes volontés ſecrètes, ne pouvoit-elle pas conclure encore en faveur de Monſieur le Cardinal ? Et celui qui dans la bonne foi étoit aſſez peu réfléchi & aſſez inconſidéré que de donner pour ſe perdre lui-même un témoignage auſſi authentique que la lettre à Bohmer, ne pouvoit-il pas être en même tems aſſez inconſidéré pour croire que, ſans avoir fait d'ailleurs plus d'attention à lui, la Reine pouvoit lui avoir fait l'honneur de le charger d'une commiſſion ? On ſe perſuade ſi facilement ce qu'on deſire ! C'étoit une erreur qui n'eût pas ſéduit un homme ordinaire, qui ne ſe mire que dans un eau tranquille, habitué à ne calculer que des choſes du ſens commun, dont les idées lentes & meſurées ſe combinent à chaque pas qu'il fait : mais c'étoit une erreur qu'on devoit penſer avoir pu entraîner l'eſprit vif & agité de Monſieur le Cardinal, en lui faiſant adopter par penchant, par paſſion même, un arrangement qui fût propre à nourrir quelque ſentiment, quelque vûe nouvelle, dans les labyrinthes continuels de l'imagination. Le Roi tranquillife la famille. Un roi ne peut preſque jamais faire juſtice d'un Grand, qu'en s'expoſant à outrer ſes propres intentions. Entouré de mille parens & amis d'un coupable, dont chacun regarde ſon honneur perſonnel comme lié à celui qui va ſe flétrir, par quels yeux peut voir le Monarque? Il riſque toujours que ce ſoit par les leurs, & s'il ne prend une réſolution prompte & ferme, il laiſſera impunis tous les crimes qu'il aura apperçus, & ſur leſquels on aura jetté le manteau au moment où ſes regards ſe ſont tournés de ce coté. Il ne peut juger que d'un coup-d'œil; il faut que ce coup-d'œil ſoit plus ſévère encore que juſte. C'eſt pourquoi un ſouverain qui ſe croit le père & le tuteur d'une grande famille, a pour baſe principale dans ſes actions de ce genre le bien eſſentiel d'une partie de ſon royaume, plutôt que les avantages d'un petit nombre, quelque puiſſant & quelque conſidéré qu'il ſoit par lui-même. C'eſt pourquoi Louis XVI. déjà indiſpoſé contre Monſieur le Cardinal, éveillé par mille cris différens & par des exemples tout récens, ſur les ſuites de ſes dépenſes exceſſives, a voulu,

pour prévenir la ruine de mille sujets, sacri-
fier pendant quelque tems à l'humiliation &
au repentir un Seigneur qui couroit le chemin
de laiſſer ſans pain & ſans exiſtence tous ceux
qui auroient confié ou livré leur fortune à ſes
goûts & peut-être à ſes beſoins. Et cette rigueur ſi forte & ſi frappante dont il uſe, doit
laiſſer dans le cœur de Monſieur le Cardinal
une impreſſion qui ſoit à l'avenir le garant
d'une conduite ſi importante, comme elle
l'eſt à mes yeux du prochain élargiſſement de
celui qui a bu d'un ſeul trait le vaſe d'expia-
tion & de douleur, réſervé par la providence
au peu de ménagement avec lequel il expoſoit
aux aviliſſements de la dernière miſère un ſi
grand nombre de ſes ſemblables, pour ſatisfaire un vertige de luxe, de faſte, & de toute
cette pompe dont on étaye toujours ſa grandeur quand on la pouſſe au delà des degrés
qui lui ſont reconnus.

Si j'approchois du Roi, & que, par une
ſuppoſition preſqu'impoſſible, il me fût per-
mis de parler comme je penſe, je dirois : Sire,
Votre juſtice eſt ſatisfaite ; Vous gemiſſez vous-
même de votre rigueur. La Reine n'eſt-elle
point contente d'une punition de tant d'éclat ?
Voudroit-elle encore de la vengeance ? La
colère

colère de Votre Majesté ne sauroit - elle se calmer ?

Sûrement des raisons particulières, plutôt que celles qui se débitent, ont été le mobile des actions du Roi & de sa vertueuse Compagne. Quant à moi, je n'ai aucun intérêt à être l'apologiste où le délateur de Monsieur le Cardinal ; je ne suis depuis longtems dans aucun rapport avec lui, & si je prens sa défense, c'est parce que j'aurois peut - être plutôt sujet de m'en plaindre que de m'en louer. Mais j'ai toujours remarqué dans son génie une sorte d'élévation, de droiture & de pénétration, qui me l'ont fait regarder comme un homme rare dont les qualités ne paroissent pas avec tout leur avantage, parce qu'il ne s'assujettit pas assez pour les montrer dans un certain jour, & pour s'attirer toute l'estime qu'elles méritent. C'est une pierre précieuse, qui polie selon des loix moins ordinaires rend un genre d'éclat d'après lequel on n'est pas encore assez habitué d'en juger le prix.

Je n'ai raisonné que sur ce que je sais des détails de cette affaire : j'ajouterai une remarque qui pourra répandre un nouveau jour sur le caractère & les vues de Monsieur le Cardinal,

)( )(

en prouvant combien il étoit abfolu dans fa confiance comme dans fés goûts, lorfqu'ils l'attachoient par quelque liaifon de conformité avec fa paffion dominante, celle du fafte, de la grandeur & de l'élévation. Caglioftro, un charlatan, qui venoit on ne favoit d'où, qui vivoit on ne favoit encore de quoi, fe difant publiquement médecin, & adepte dans le particulier, qui fembloit avoir ébauché à Strasbourg quelques cures merveilleufes, dont le fuccès finit par être femblable à tous ceux qu'il a eus jufqu'à préfent: Caglioftro, dis-je, s'étoit emparé, comme l'on fait, de l'efprit de Monfieur le Cardinal, exaltoit fon imagination par l'efpoir de trouver quelque jour au moins une mine d'or dans fon creufet, & lui avoit enlevé, avec les combinaifons d'un calcul raifonnable & par conféquent de la conduite mefurée qu'il faut pour ne pas s'égarer, des fommes des plus confidérables. (C'eft un fait aujourd'hui connu dans la province d'Alface, que cet homme avoit emprunté 12 liv. de la fervante d'un chanoine de St. Pierre le vieux qui le logeoit, lorfqu'il reçut, avec la vifite de Monfieur le Cardinal, huit cent Louis pour étrennes des fecrets importans qu'il alloit recueillir chez lui.) Il avoit fallu, pour qu'il excitât l'empreffement de Monfieur le Cardinal, qu'il

exigeât de lui affez d'égards , & qu'il femblât
fe croire dans une paffe d'affez de confidéra-
tion pour en couvrir tout le mépris & la haine
que méritoit fon caractère.   Par ce moyen il
l'avoit d'abord attiré jufques chez lui , & cette
réferve étoit la feule rufe qu'il lui falloit : car,
familiarifés à l'obfervation des détours & des
embûches des intrigues communes , les hommes
du plus grand jugement ne fe laiffent féduire,
même dans quelque vue extraordinaire , qu'aux
pièges trop groffiers pour donner lieu à leur
fufpicion.   C'eft ainfi qu'un fuborneur impu-
dent, a pu tromper , par fa mal-adreffe même,
l'efprit le plus jufte hors de fes paffions, & l'é-
conduire enfin d'une telle forte , que fi l'on
pouvoit croire jamais à fon pouvoir plus qu'ordinaire , il faudroit commencer par fuppofer
qu'il a eu quelque fecret magique pour le pof-
féder de tout l'enthoufiafme néceffaire à fon
intérêt & à fes deffeins.   Il avoit un train propre à une dépenfe peu mefurée , pour faire
croire , par l'indifférence avec laquelle il l'ap-
précioit, qu'il n'ufoit même que philofophi-
quement de la fource de tréfors qu'il promet-
toit. D'abord prêt à quitter l'Alface en échouant
par le retard dans l'objet qui l'avoit amené ,
réduit quelque tems après à fe retirer en Suiffe,
où les dégoûts de fon bienfaiteur l'avoient forcé

de chercher un genre de vie plus économique
parmi des hommes qui n'avoient pas trop d'or
pour rifquer de le multiplier dans fes mains :
l'époque de la grande vogue du magnétifme
animal fut celle qui le réunit de nouveau à
Monfieur le Cardinal. Cette découverte accré-
ditée a fait penfer à tous ceux qui s'occupoient
de la recherche ou des effets de cette pierre
philofophale qui doit tenir lieu de tous les
biens, que ce n'étoit qu'une étincelle inutile
qu'on avoit laiffé émaner d'une maffe fans com-
paraifon plus confidérable, & deftinée dans le
fecret à l'enfemble des opérations les plus im-
portantes. Caglioftro a pu faire entendre à
Monfieur le Cardinal que cette fource ne lui
étoit pas inconnue, & la liaifon que beaucoup
de perfonnes fuppofent entre les initiés à tous
ces grands miftères, venoit à l'appui de cette
conjecture ou de cette affertion. Les méde-
cins mêmes qui voyent périr journellement les
hommes dans leurs mains, & prefque par les
moyens qu'ils employoient pour les fauver,
font fur des effets qu'il eft de leur art d'ex-
pliquer, & qui font cependant inexplicables,
les raifonements les moins mauvais & les moins
obfcurs qu'ils peuvent dans les principes de cet
art ; tandis que leur penfée la plus intime s'é-
puife dans toutes les conjectures que peuvent

permettre les bornes imprefcriptibles de l'intelligence humaine.

Qui fait jufqu'où cet homme infidieux, fondé fur des effets furprenans qu'on annonce de toute part, & fur l'enthoufiafme avec lequel on ajoute foi à toutes les circonftances qui peuvent rendre merveilleux ce qui fans elles, ou peut-être feulement obfervé avec le fang froid d'un coup d'œil fûr & pénétrant, n'offriroit qu'un enfemble de crédulité & de paffion, qui fait, dis-je, jufqu'à quel point il a pu monter fucceffivement la tête ardente & vafte de Monfieur le Cardinal ?

J'ai connu des hommes de beaucoup de fens qui avoient pouffé la folie jufqu'à fuppofer de la part des hommes l'influence la plus étendue de quelque pouvoir fecret dans les fyftêmes les plus monftrueux, & dont quelques - uns ne fembloient pas abfolument impoffibles, en accordant à beaucoup trop d'individus & de générations autant d'efprit & d'inquiétude qu'il en avoient eux-mêmes. Ils alloient jufqu'à fe défigner les perfonnes qui devoient réunir cette puiffance, ils faifoient de quelques-uns de leurs femblables des efpèces de dieux, & leur confioient jufqu'aux rênes des empires par des

moyens imaginés propres à nourrir en eux un
befoin de connoître qui s'accroît par les obfta-
ches, avec affez de reffources d'imagination
pour s'appuyer de l'opinion la plus éloignée
& la plus fecrète qu'ils jugent dans les autres
en fortifiant chaque mot, chaque gefte, chaque
action. Ils forment ainfi entre-eux, ou bien
avec d'autres à leur infçu, une fociété éphé-
mère dont tous les membres ne fervent qu'à fe
tromper mutuellement en s'aveuglant eux-
mèmes. On peut d'un jour à l'autre, avec la
fimplicité d'un enfant, être regardé par eux
comme l'être le plus important, & auquel on
rapporte mille chofes que la facilité de tout
interpréter pourroit auffi-bien faire placer dans
quelqu'autre rapport, fe confirmant d'autant
plus dans leur penfée qu'elle ne peut-être com-
battue par aucune autre, puifque chacun nour-
rit la fienne à lui feul, & qu'elle emporte par
fa nature la néceffité de fe cacher foit pour le
danger dans celui qui la regarde abfolument
comme vraye, foit auffi pour l'extrême ridicule
dont on craint de fe couvrir fi l'on doute encore qu'elle foit véritable.

Chaque paffion donne fon vernis à ce Co-
loffe de plâtre ; toujours aux abois pour fe con-
folider ou pour ne pas crouler, & toujours

ſe ſoutenant par les contorſions les plus péni-
bles; heureux enfin lorſque quelque exploſion
le briſe en éclats, ſi l'on n'eſt pas accablé ſous
ſes ruines!

Je ne haſarderai point de marquer juſqu'à
quel point ces portraits peuvent s'appliquer
à Monſieur le Cardinal dans différens inſtans
de ſa vie. Bien moins établirai-je aucune com-
paraiſon entre lui & le reptile de Caglioſtro,
obligé de ſe replier en tous ſens pour avoir l'air
de ſe jouer d'une ſituation qui auroit pu paroître
rampante & forcée. Trop de nuances de caractère, d'eſprit & de rang, les différencient, quoique réunis, avec des intentions ſûrement oppo-
ſées, ſous un même point de vue, celui des
chimères qui balottoient d'un écueil à l'autre la
bonne-foi de Monſieur le Cardinal dans ſon
entier abandon à cet homme ſi dangereux pour
lui, & qui n'eut même jamais mérité ſes regards
ſans les relations que j'ai citées, & ſans l'eſpoir
dont il avoit beſoin de flatter ſa paſſion dominante, qui dans le même cercle vicieux avoit
été la première ſource de ſes idées fantaſtiques.

Après tout, cette affaire, même éclaircie
par les témoignages raſſemblés, eſt encore une
énigme que le Roi demande qu'on lui explique,

& dont le mot doit se trouver à la fin. Madame
de la Mothe dit n'avoir pas vu Monsieur le Cardinal depuis un an, parce qu'elle le regardoit
comme insensé ; elle avoue cependant avoir vécu
dans l'intrigue, & rejette celle-ci sur Cagliostro
qui ne sauroit lui être substitué dans un manège
où il eut perdu toute la prépondérance philoso-
phale qu'il lui falloit pour rester dans l'équilibre
auprès de Monsieur le Cardinal. Le Roi a pu
croire pendant quelques instans Monsieur le Cardinal aussi coupable qu'il pouvoit le paroître, mais
sûrement les conclusions même les plus claires
qui ont occupé la pensée de Sa Majesté, & qui
ont décidé ses mouvemens, se sont effacées ou
perdues par les contradictions qu'elles trouvoient
en elles-mêmes ; car l'on ne sauroit supposer
que la Reine ne se plaise pas à détruire des im-
pressions que les circonstances avoient rendues
nécessaires pour l'éclaircissement & la justification d'un fait où son nom & son crédit se trouvoient impliqués, & qui parmi toutes les faces
possibles ne peut être regardé que sous celle-là.